IM PANTHEON
DER SPINNEN

IM PANTHEON DER SPINNEN

Michael Krüger und Karl Schleinkofer

Mit einem Nachwort von Michael Semff

SIEVEKING
VERLAG

Das Holzhaus

1

Die Ameisen haben eine Strasse zum Dach hinauf gebaut,
die nur aus Bewegung besteht, keine Befestigung, kein Asphalt,
nur der unerbittliche Wille, eine Strasse zum Dach hinauf zu haben,
als wäre das Begründung genug. Das geht natürlich nicht.
Warum nicht? Weil Ameisen gefälligst auf der Erde bleiben sollen,
sieht man einmal von fliegenden Ameisen ab, die abends
in Heerscharen die kleine Lampe belagern. Kein Mensch weiss,
wo sie leben. Wenn ich die Lampe lösche, sind sie in zehn Sekunden
verschwunden, wie Diebe, die man auf frischer Tat erwischt hat.
Auf der abschüssigen Wiese im Westen gibt die Erde leicht nach,
wenn man auftritt, vielleicht haben sie da ihr Hauptquartier,
mit Rathaus, Schulen, Verwaltungsbunkern und Wohnanlagen.
Eine gut organisierte Unterwelt mit bestens geführten Archiven.
Beim Essen abends muss ich einige von ihnen totschlagen,
die meinen Teller entern wollen. Gott verzeih mir, sage ich dann,
und lasse sie liegen, am Morgen ist der Tisch wieder leer.
Also haben sie auch ein Bestattungswesen, vielleicht sogar
einen Friedhof, oder sie fressen die Kadaver auf mit Haut und Flügeln.
Wahrscheinlich haben sie schon den ganzen Hang unterkellert,
und wenn im Herbst der Dauerregen fällt, können wir die Teile
des Hauses am Fuss des Hügels einsammeln, Latte für Latte.
Es ist unmöglich, ein ganzes Volk zu vertreiben.
Und jetzt also wollen die gemeinen Ameisen das Haus erobern
auf beweglichen Strassen, eine besondere Art der Kriegführung,
die einer beherzten Antwort bedarf. Aber warum auf das Dach?
In dem Dreieck zwischen überhängendem Dach und Hauswand
haben Spinnen ihre Netze ausgespannt, wehende Schleier,
in denen sich manches Getier verfängt, nun auch viele Ameisen,
die das Netz schwer machen. Irgendwann wird es mir in die Suppe
fallen. Ich kann nicht erkennen, wohin die Ameisen laufen.
Sie krabbeln die Bretter hinauf und sind dann plötzlich verschwunden.
Und wenn sie schon im Haus sind, bis jetzt noch unsichtbar,
weil sie ihren Angriff vorbereiten?

O. T. 06.08.2019 Ölkreide, Bleistift 25 × 17,5 cm

O.T. Dezember 2019 Ölkreide, Bleistift 28 × 19,5 cm

2

Der See atmet heftig, manchmal schwappt das Wasser
bis zum Uferweg, aus dessen Gullys jetzt schon üble Gerüche entweichen.
Aber noch blüht der See nicht, noch kann man die Steine zählen
in der Nähe des Ufers. Wo früher Kondome hingen,
hängen jetzt die lappigen Mund-Nase-Masken im Gebüsch.
Die Enten paddeln mit stoischer Miene daran vorbei.

O. T. Januar 2020 Ölkreide, Bleistift 27,8 × 19,6 cm

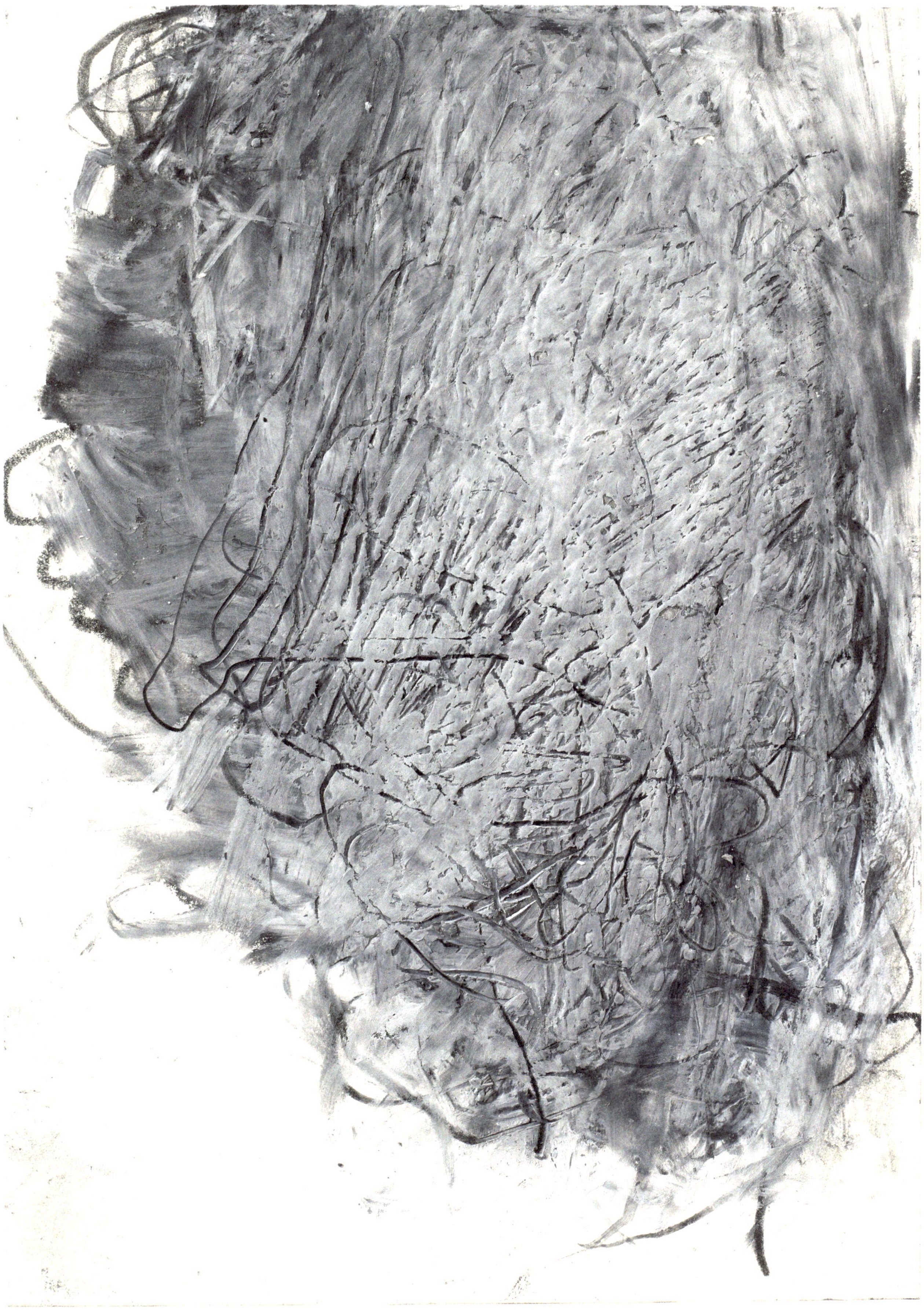

3

Ich habe einen Ameisenatlas gekauft, eines dieser Wunderwerke
an Wissenschaftlichkeit, in denen der Text oft nicht weiss, was er
sagen will. In seinen klaren Momenten spricht er von blinden Passagieren,
die auf Booten heimlich an unser Ufer kommen, in den Kleidern
von Menschen, die zu viel für ihr Ticket bezahlt haben.
Das soll heissen, es gibt mittlerweile Ameisenarten, die wir noch nicht
einschätzen können: ob sie gekommen sind, uns zu vernichten,
oder einfach nur so, weil sie einen Tapetenwechsel brauchten.
Auf jeden Fall müssen sie sich ernähren und einen Staat aufbauen,
damit belastbares Material für eine Studie zusammenkommt.
Nirgendwo steht, dass einheimische Ameisen die Wände erklimmen
und von oben ein Haus erobern, überhaupt wird nur gut über sie
gesprochen, was sich auch daran zeigt, dass über Mittel ihrer Beseitigung
nur am Rande informiert wird, als sei es normal, wenn Ameisen
das Haus untergraben, von innen aushöhlen und dann übernehmen.
Eine solche Handlung wird vom ökologischen Gleichgewicht gedeckt,
sagt der Doktor, der mir einmal in der Woche das Blut abzapft,
viel ist nicht mehr zu holen nach dem täglichen Mückenbefall.
Am Nachmittag ist ein Hubschrauber auf der Wiese gelandet,
wahrscheinlich ist wieder einer der Taucher ertrunken,
die seit Jahren den Grund des Sees absuchen, ohne etwas zu finden.
Wir suchen nichts, hat mir einer einmal gesagt, wir gründeln nur
herum, aber wenn wir etwas finden, umso besser, dann sagen wir
nicht Nein. Ich stellte mir vor, wie er mit seinen schwarzen Handschuhen
im Schlamm wühlte wie der Fürst Tolstoj, wenn er in der Erde
nach fetten Würmern suchte. Auch um die Wespen muss ich mich
kümmern, die von Süden her das Haus anfliegen, um Gott weiss was
zu tun.

O. T. Oktober 2019 Ölkreide, Bleistift 15,7 × 15,8 cm

4

Der Efeu wächst so rasch über den Boden, als wolle die ganze Welt
er umarmen. Sie wird durch Schönheit erstickt. Lange sass ich
über den fein gezeichneten Blättern, die in höchster Unschuld
alles vernichten, was ihnen im Weg steht, und alle Blumen
werden in eine Richtung gezwungen, die sie nicht einschlagen wollten.
Am Rand der Wiese dagegen beherrschen die leuchtenden Farben
von Kamille, Kornblume und Klatschmohn das dichte Grün, KKK,
das rot-weiss-blaue Trio im beharrlichen Einsatz gegen die Mücken.
Wo sind eigentlich die Gänseblümchen geblieben, in meiner Jugend
das schlagende Argument gegen die vornehmen Pflanzen,
und auch die weichen Hasenohren, die geborenen Asketen,
und der wilde Fenchel haben sich heimlich vom Acker gemacht,
Ackerwinde, Borretsch und Hahnenfuss sind ihnen gefolgt.
Und schliesslich der Phlox, mit dem Schwermut und Sehnsucht
in meine Kinderwelt kamen, weil er sich nicht halten konnte
gegen das miese Gestrüpp, das mit Willen des neuen Verwalters
den alten Garten zerstörte. Dieser Typ litt an dem Bedürfnis,
mit allen Menschen im Streit zu leben, und sein ständiges Fluchen
war nichts als der Versuch, die eigene Dummheit zu vertuschen.
Auch die Pantoffelblume muss ich noch erwähnen, die Meister
Linné in seinem wohlgeordneten Garten zur Gattung der Calceolaria
geschlagen hat, und wenn ich meine Schuhe zerrissen hatte,
sollte ich mir neue holen von der Pantoffelblume im Garten.

Jetzt ist aber genug. Anderes ist nachgewachsen, schwarze Tomaten
zum Beispiel, glänzend wie portugiesische Kacheln, und wenn ich
den Ilex in den letzten Strahlen der Sonne aufleuchten sehe,
bin ich mit allem versöhnt. Dann liebe ich auch die Glockenblumen,
die aussehen, als lauschten sie in sich hinein und als hörten sie etwas,
woran ihnen viel liegt. Ich selber will keinen Garten mehr haben,
in dem jede Blume Angst haben muss, dass man ihre Bedeutung nicht
erkennt, ich habe meine anarchistische Wiese, und solange das Brutale
nicht überwiegt, will ich mir nicht den Kopf zerbrechen müssen,
ob die Farben sich beissen oder ob die Blume, die mit Trauer handelt,
sich mit der verträgt, die immer nur recht haben will. Der Efeu
muss nicht weg, aber er wird zurückgeschnitten, und damit basta.
Über mir dreht der Milan seine Kreise, nur er allein übersieht,
wie viele Verrückte es gibt, die ihre Gärten anlegen wie Gräber.
Und was denkt er über mich? Stumm grüsse ich diesen Räuber,
aber mit erhobener rechter Hand, wie es der Papst hält beim Segen.

O. T. Februar 2020 Ölkreide, Bleistift 28 × 19,5 cm

O. T. März 2020 Ölkreide, Bleistift 26 × 21,6 cm

O.T. März 2020 Ölkreide, Bleistift 25 × 21,6 cm

O. T. März 2020 Ölkreide, Bleistift 27,8 × 19,5 cm

O. T. Juni 2020 Ölkreide, Bleistift 27,8 × 19,6 cm

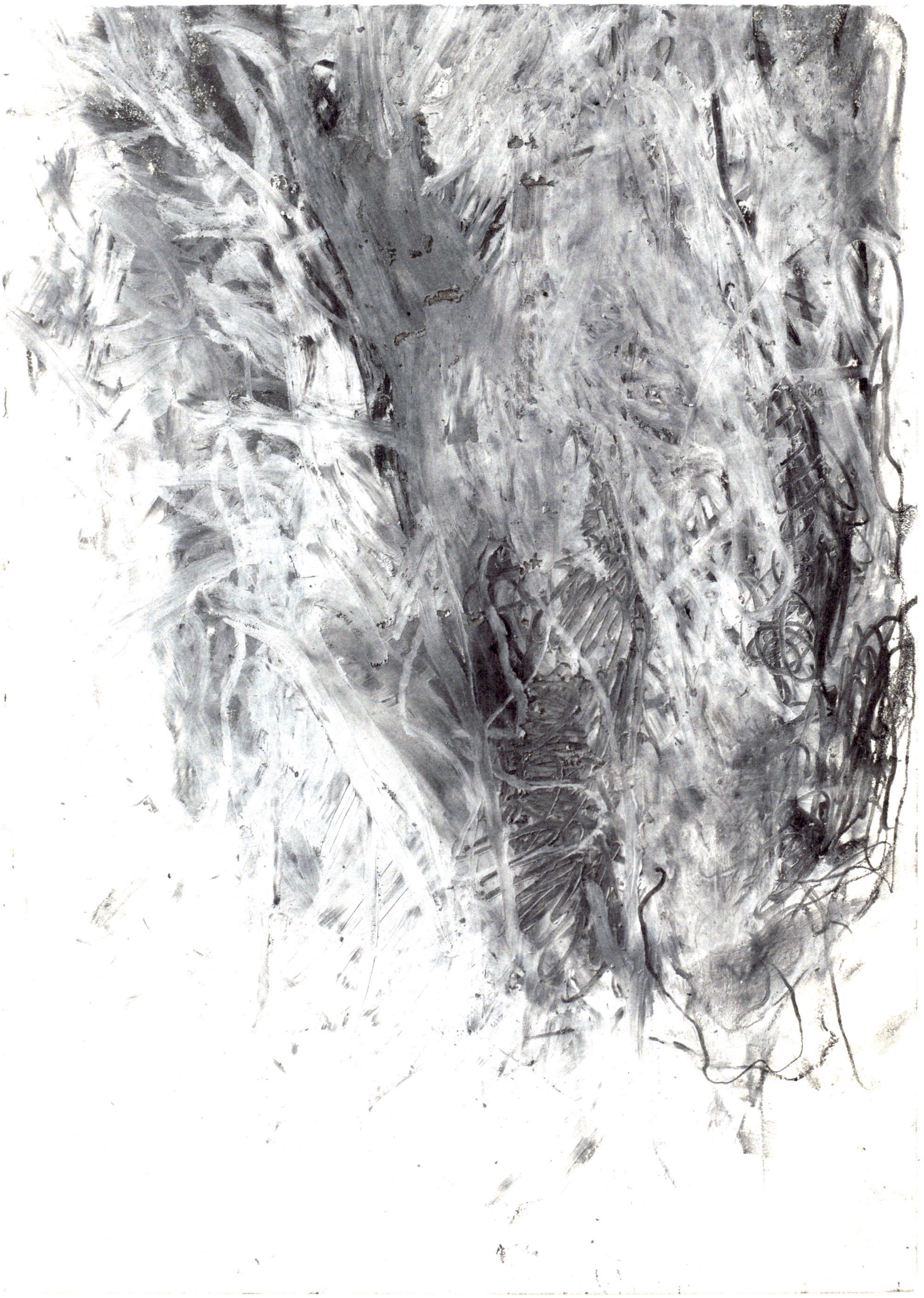

O. T. August 2020 Ölkreide, Bleistift 29,7 × 21 cm

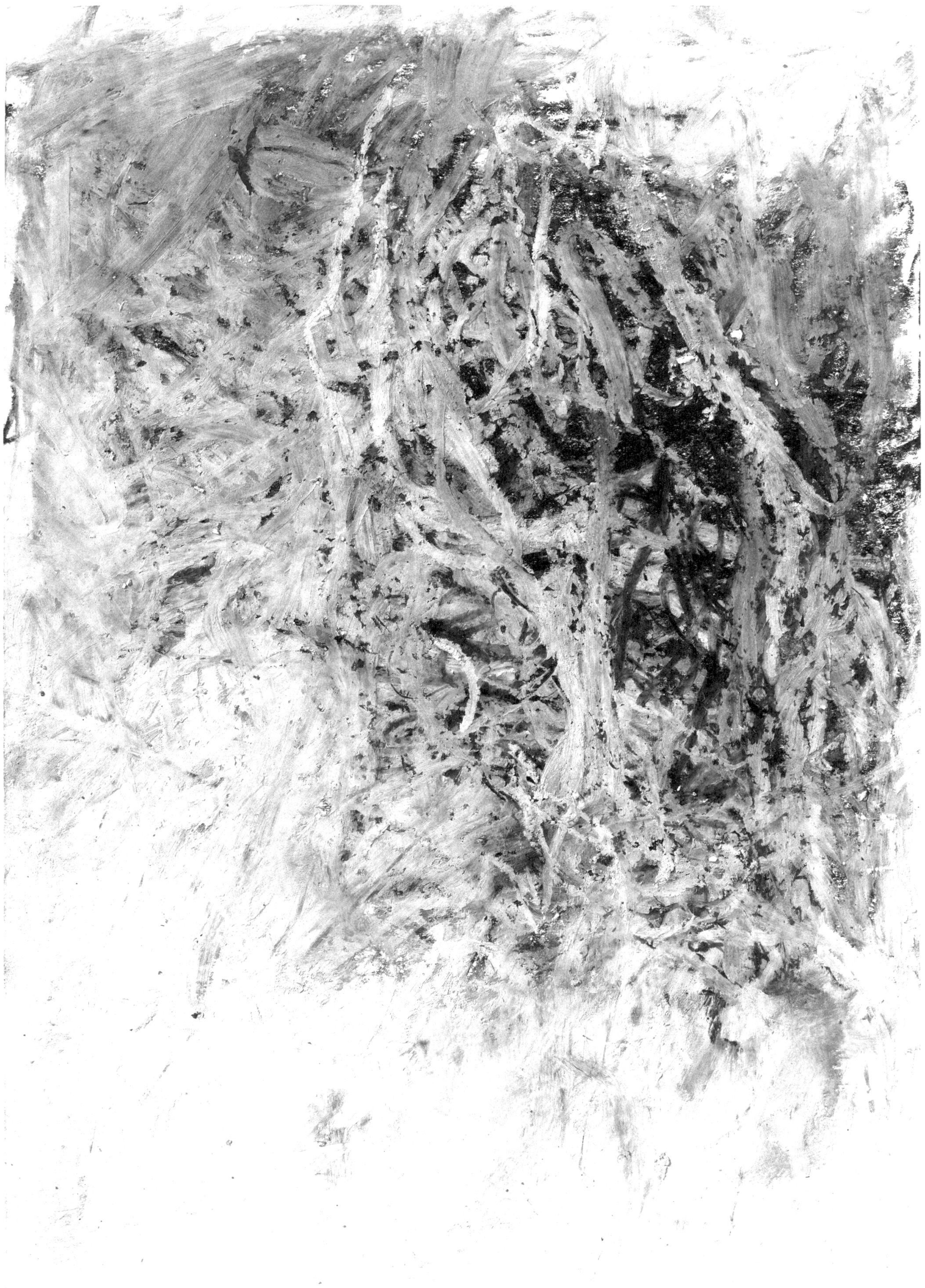

5

Dreissig Jahre lang habe ich die flachen Steine über den See
flitschen lassen, jetzt liegen sie alle auf dem Grund. Der Rest
eignet sich nicht, zu rund, zu klobig, sie gehen sofort unter.
Ich muss jetzt hunderttausend Jahre warten, bis auch sie sich
flitschen lassen. Der Oldtimer-Handel blüht, sagt die Zeitung,
das ging mir durch den Kopf, als ich den Weg hinunterging
zum See. Der Weg ist knochentrocken. Wenn man die Wurzeln
der Eiche berührt, hört man den Baum seufzen. Mich begleiten
Distelsamen, vornehm und spielerisch tanzen sie um mich herum,
wie aus schwerelosem hellem Glas. An den Schnittstellen
von Banken und Politik sollte man sich besser nicht aufhalten,
seit der Finanzmarkt eine Spielwiese für Kriminelle geworden ist.
Da werden Cum-Ex-Geschäfte abgewickelt, unter den Augen
der Wirtschaftsprüfer, die selber natürlich mitverdienen wollen.
Ein belorussischer Minister besitzt zwanzig Luxusapartments
an der bulgarischen Schwarzmeerküste. Er hat ganz vergessen,
woher das Geld kam, weshalb man ihn in Frieden lässt vorerst.
Die Wellen heute sehr kurz und gar nicht aufgeregt, sie singen
so vor sich hin, mitsingen ist zwecklos. Zwischen den Wellen,
die eigentlich gar keine sind, entsteht ein Tal der Verachtung,
in dem die Finanzdienstleister untergehen. Für immer und ewig.

6

Es gibt Kratzspuren am Haus, etwa in Höhe meines Kopfes,
drei ziemlich tiefe Kerben und ein paar sorglose Striche
neben der Tür, von Weitem sehen sie aus wie mit dem Pinsel
gemalt, aber in der Nähe betrachtet verbreiten sie Angst.
Jetzt ist ein neues Mass erreicht, hätte die Zeitung gesagt.
Nicht nur muss ich jeden Tag die Scheisse wegräumen,
die Katzen und Marder, Eichhörnchen und Wanderratten
jede Nacht auf den hellen Fliesen der Terrasse hinterlassen,
jetzt wollen sie das Haus selber stürmen. Ariane hat Parfüm
vor der Haustür versprüht, Givenchy, um die ungebetenen
Gäste fernzuhalten, aber das scheint sie eher anzulocken.
Unsere Gastfreundschaft wird als Schwäche gedeutet.
Eigentlich kann ich nicht genug kriegen von den Tieren,
die hier mit uns leben, aber irgendwie ist es demütigend,
jeden Morgen mit Einweghandschuhen die Reste der Party
wegzuräumen. Kratzspuren in Kopfhöhe? Einige Schnecken
haben es auf sich genommen, die Holzwand zu erklimmen,
sind aber umgekehrt bei aufgehender Sonne. Immerhin
kann man an den weissen Schleimspuren sehen, wie weit
sie gekommen sind. An unserer Küchentür zu Hause wurde
mit Strichen unser Wachstum markiert. Über oder noch unter
der Klinke klang wie vor oder nach Christus. Jetzt werde ich
wieder kleiner, bin aber immer noch nach C. Bären oder Wölfe?
Bei uns riecht es nicht nach Tier, auch nicht nach Honig.
Wollen sie meinen Büchern an den Kragen?

Warum darf ich nicht in Ruhe in meinem Korbsessel sitzen
und auf dem schrägen Fenster dem Wettlauf der Tropfen
zusehen? Ich bin nicht bereit, meine Bücher zu opfern, auch
wenn ich weiss, dass ich viele von ihnen nie mehr lesen werde.
Vielleicht waren es Waschbären, sagte ein Freund,
dem diese possierlichen Tiere den Garten geplündert haben.
Es kommt auf einen Kotvergleich an, erst dann kann man
das Gespräch mit den Tieren suchen. Auch mit Igel und Fuchs,
die ich in diesem Jahr noch nicht gesehen habe.
Vorher, sagte neulich der Förster, ist alles reine Spekulation.

O. T. August 2020 Ölkreide, Bleistift 29,6 × 21 cm

O. T. September 2020 Ölkreide, Bleistift 29,7 × 25 cm

O. T. September 2020 Ölkreide, Bleistift 29,7 × 21 cm

O. T. September 2020 Ölkreide, Bleistift 19,3 × 17,5 cm

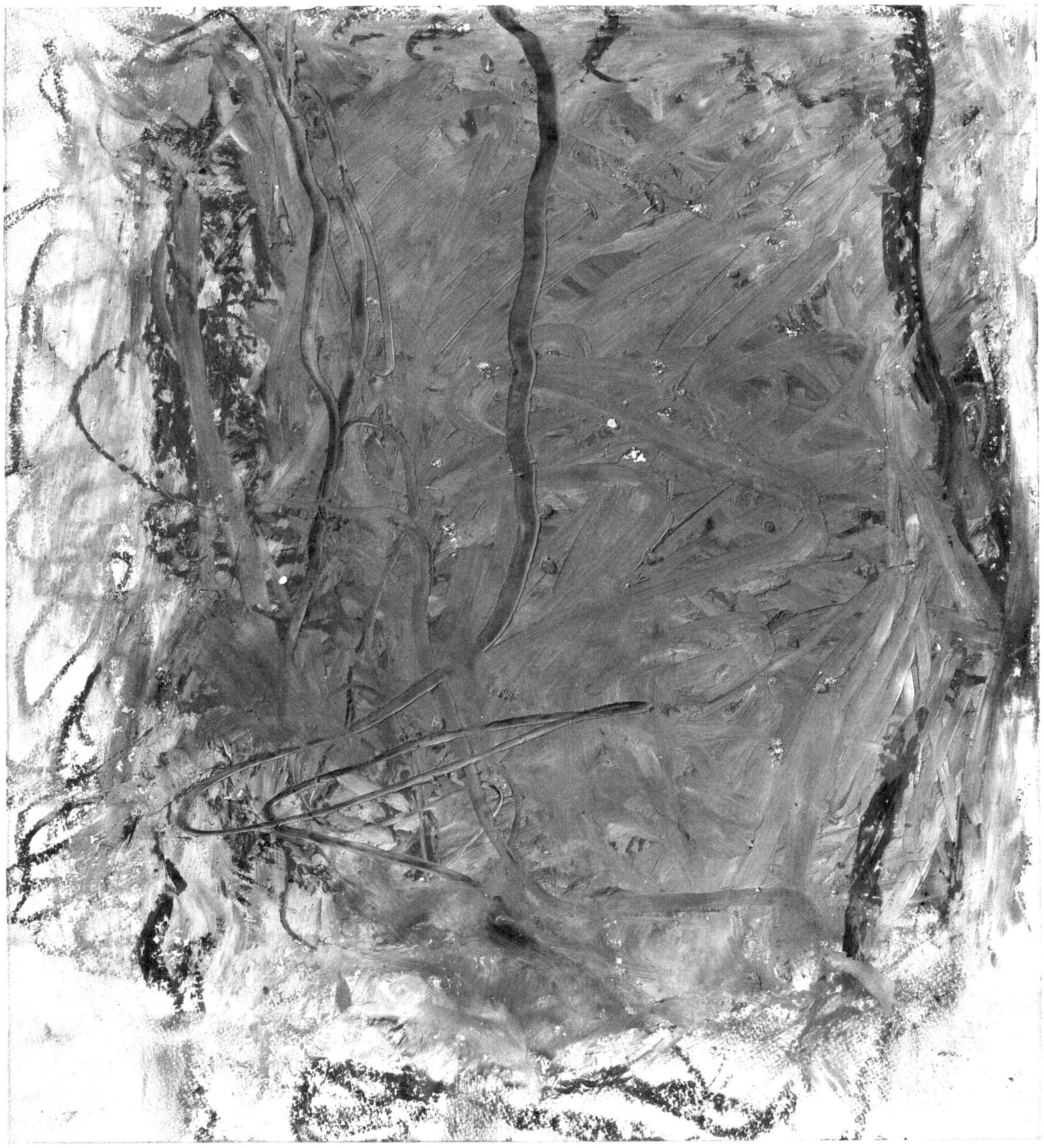

O. T. November 2020 Ölkreide, Bleistift 19,3 × 17,5 cm

O. T. Dezember 2019, November 2020 Ölkreide, Bleistift 28 × 19,5 cm

O. T. November 2020 Ölkreide, Bleistift 29,7 × 21 cm

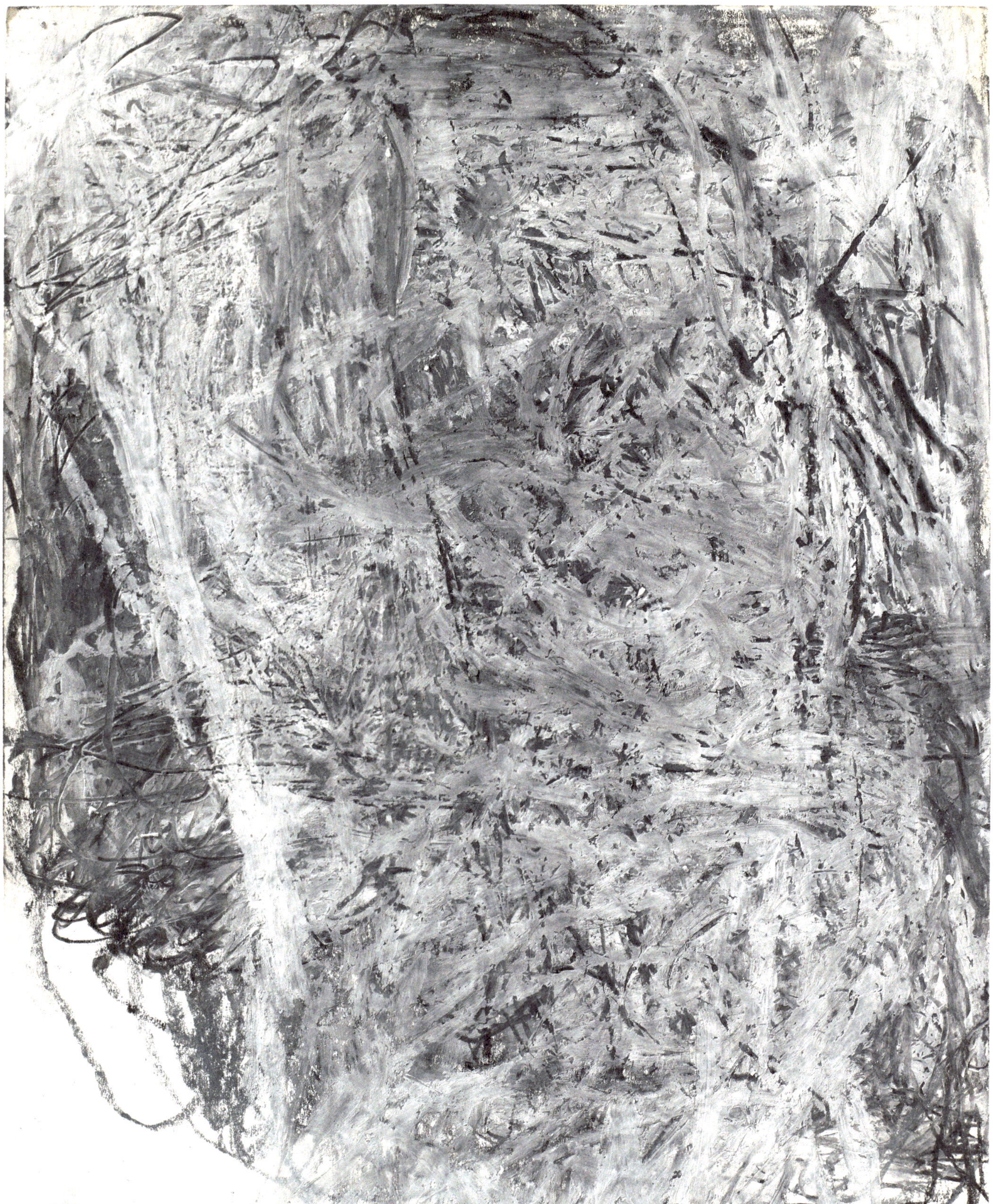

O. T. November 2019, November 2020 Ölkreide, Bleistift 25 × 21,5 cm

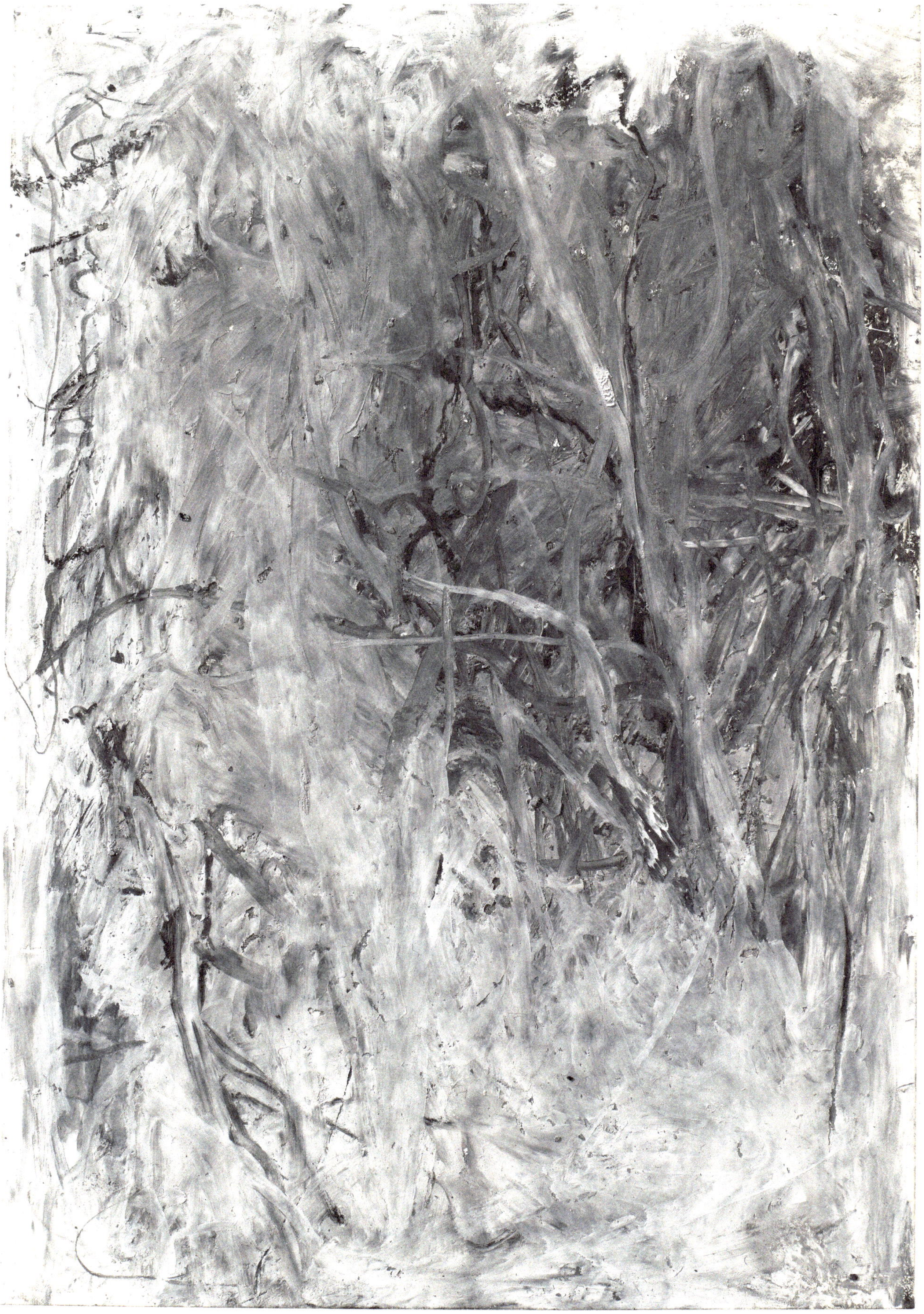

O.T. Dezember 2020 Ölkreide, Bleistift 28 × 19,6 cm

O. T. Januar 2019, Januar 2021 Ölkreide, Bleistift 23 × 17,5 cm

7

Jemand hat sich den Tod geholt. Aber wo und wie?
Ich dagegen möchte überleben als Käfer
in Claude Lorrains »Hagar und Ismail in der Wüste«,
rechts hinter den beiden im dichten Gebüsch, wo
sich das Pantheon der Spinnen befindet.

8

Am Abend treten die Kröten aus der Mauer aus Feldstein,
wunderliche Tiere, die reglos verharren, aber auf Zuruf
in heidnischer Unbefangenheit weghoppeln ins dunkle Revier.
Sie treten tatsächlich aus den vermoosten Steinen,
wie Staatsschauspieler, die ihren Text vergessen haben
und einfach schweigen, damit es das Publikum nicht merkt.
Sechs sind zu unterscheiden in Grösse und Bewegung,
alle kriegen einen Namen mit P, alle sind weiblich: Pia,
Paula, Pina, Pauline, Patricia und Petra, schwer zu sagen,
hinter welcher verwarzten Haut der Prinz auf uns wartet.
Alle sind schön, wenn auch nicht im landläufigen Sinne.
Und diese riesigen Augen mit den aufklappbaren Lidern!
Der faltige, durchhängende Hals! Man kann sich nicht sattsehen
an diesen in die Breite gehenden Faunsgesichtern.
Manche sind schwerhörig, andere taub und ein wenig
verwahrlost vom engen Leben in den Mauern, maulfaul
sind sie alle, ein schöner Gesang ist von ihnen nicht zu erwarten.
Und es mangelt ihnen an jedem Interesse. Ohne Ehrgeiz
und Neid hocken sie da, und man darf wohl einmal fragen,
was Gott sich gedacht hat, als er diesen Wesen gestattete,
die Gesellschaft der Lebenden zu vergrössern.
Wir lieben sie trotzdem, wenn sie uns vergeben, dass wir so
über sie reden. Was heisst vergeben? Jedes Huhn kann vergeben!
Sie sollen verzeihen! Souveränität und Grösse zeigen,
und nicht dieses pedantische, bedenkenträgerische Gesicht,
wenn am Tisch über die Würde des Menschen gesprochen wird.
Und dann sind sie plötzlich weg. Während wir den Glühwürmchem
nachschauen, die ihre Batterie aufzuladen versuchen, haben sie
sich dünne gemacht, im wahrsten Sinne des Wortes.

Alles schläft, wie Joseph Brodsky gesagt hat, nur die Mücken nicht und das Holz des alten Hauses, das grummelt und ächzt unter dem wechselnden Wetter, in einer hölzernen Sprache, die wir im Schlaf verstehen können nach bestem Wissen und Gewissen. Und mit diesem Sermon gehen auch wir zu Bett.

9

Kurz vor Sonnenuntergang kehren die Käfer von der Arbeit zurück
nach Hause, die Aktentaschen unter den glänzenden Panzern versteckt.
Einer von ihnen, den Anzug immer tadellos geputzt, der keinen Umweg
kennt und kein Innehalten, läuft so schnurstracks vor sich hin,
als würde er von einem Magneten unter den Fliesen gelenkt.
Er leitet das Referat Sklavenbedarf und Sklavennachschub unter Tieren,
eine heikle Arbeit, die ihm unter Fleischfressern nicht nur Freunde
eingebracht hat. Er läuft, ohne nach links oder rechts zu schauen,
an den Feuerwanzen vorbei, die sich mit Pilzen vollgestopft haben,
während die Feuerkäfer mit den schönen indianischen Uniformen
noch beim Kampf gegen die Borkenkäfer gebraucht werden.
Gottseidank wissen die Käfer nicht, dass wir alles über sie wissen.
Seit Edmund Reitters »Die Käfer des deutschen Reiches« in fünf Bänden,
bis heute unübertroffen, und Adolf Horions »Faunistische Veröffentlichung
zur diskontinuierlichen Ost-West-Verbreitung mitteleuropäischer Käfer«
ist viel geschehen, besonders zur Fortpflanzung, zum Darmtrakt
und zum Gehirn der etwa 350 000 Käfer gibt es gute Neuigkeiten.
Zum Beispiel weiss man nicht erst seit gestern, was die Rhabdome
dazu anregt, die Informationen der Lichtreizung an den Sehnerv
weiterzugeben, während wir Laien nur sehen, was passiert, wenn wir
einen Stein anheben und die Käfer in alle Richtungen davonstürzen.
Ob nun die Hand des biblischen Gottes oder doch die Evolution
für die feinen grauen Westen und die Palpi und paarigen Mandibeln
gesorgt haben, will ich nicht entscheiden. Horion war jedenfalls beides,
Theologe und Käferforscher unter einem Hut, mit päpstlichem Segen.
Offen bleiben viele Fragen zum Taumelkäfer, der auf dem Wasser
die verrückten Kreiselbewegungen macht. Seine obere Augenhälfte
liegt über, die untere unter dem Wasserspiegel. Er lebt in zwei Welten,
wie der schwedische Dichter Lars Gustafsson herausgefunden hat.
Wenn die Viren nicht alles zerstören, gehört die Zukunft dem Käfer.

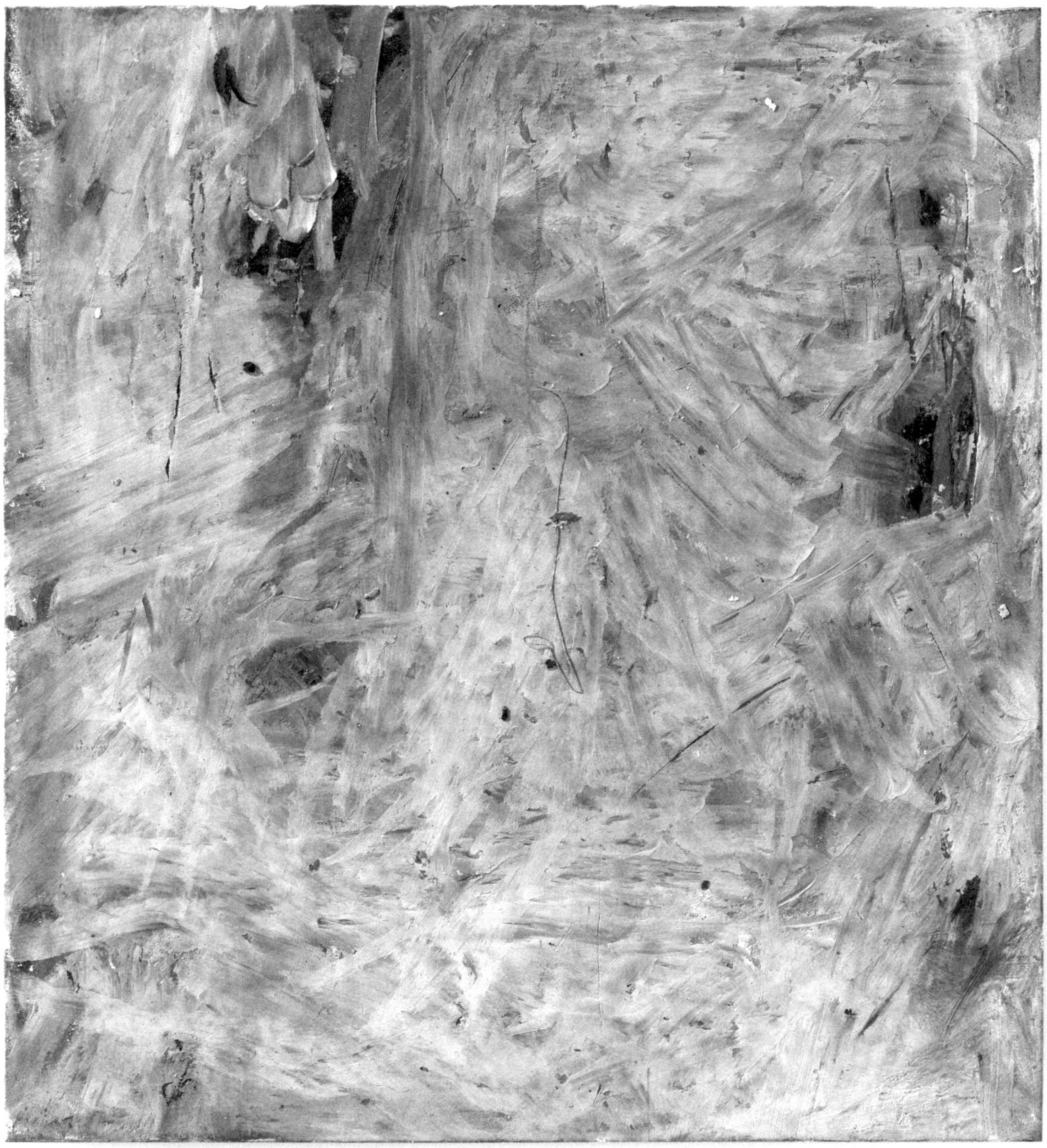

O. T. Januar 2021 Ölkreide, Bleistift 16,4 × 15 cm

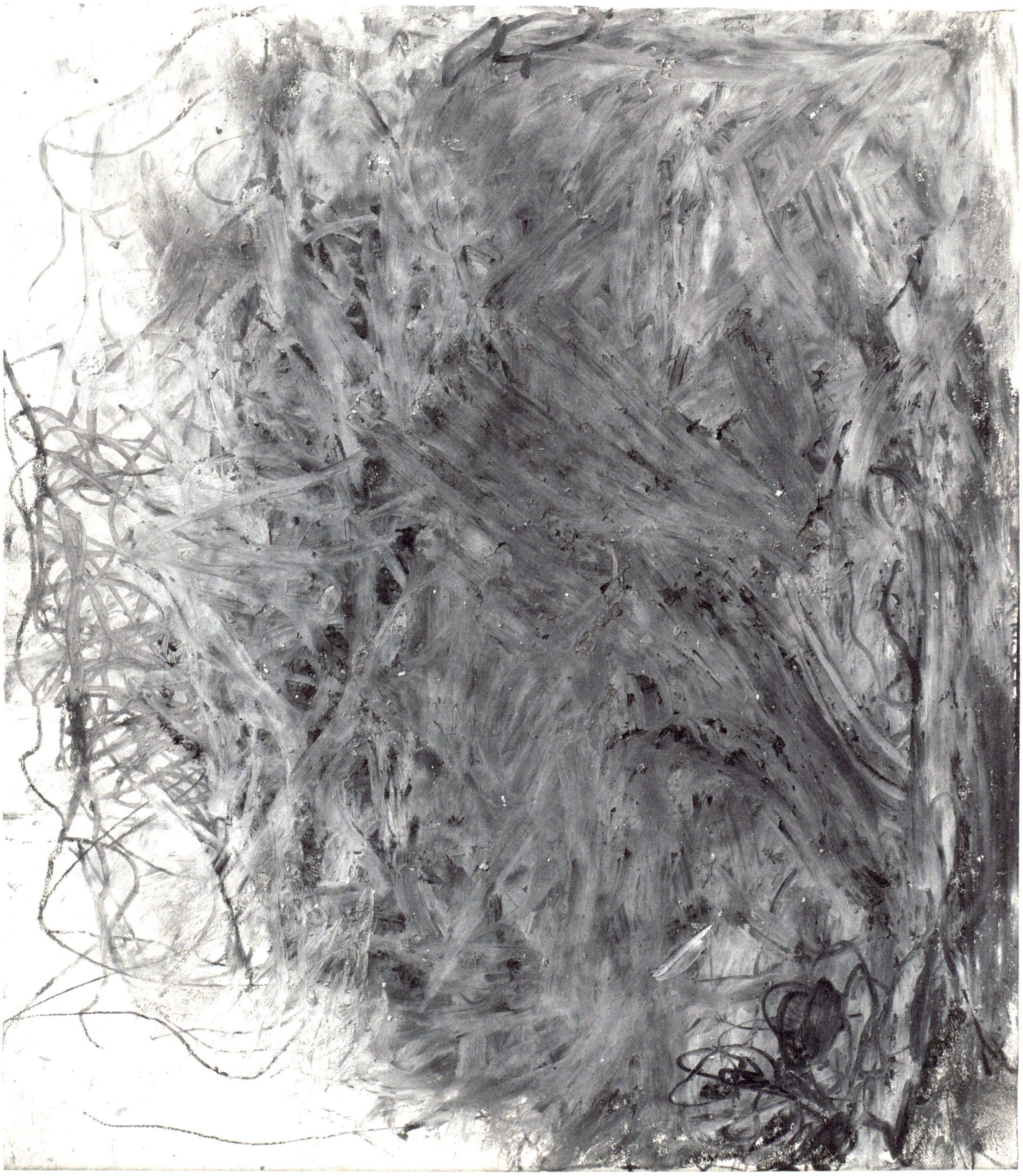

O. T. Januar 2021 Ölkreide, Bleistift 24,8 × 21,6 cm

O. T. Februar 2021 Ölkreide, Bleistift 24 × 21,5 cm

O. T. Februar 2021 Ölkreide, Bleistift 31,5 × 20,3 cm

O. T. Februar 2021 Ölkreide, Bleistift 23 × 20,8 cm

10

Das Haus, sagt es gerade, braucht keine Barmherzigkeit,
aber ein neuer Anstrich täte ihm gut.
Seltsame Ausdrucksweise. Eigentlich fehlt nur eine Katze,
denn Mäuse gibt es genug, die nicht bleiben wollen.
Und über den leeren Himmel schreitet der blinde Orion.

O. T. Februar 2021 Ölkreide, Bleistift 24 × 21,5 cm

O. T. Februar 2019, November 2020, Februar 2021 Ölkreide, Bleistift 23,1 × 20,8 cm

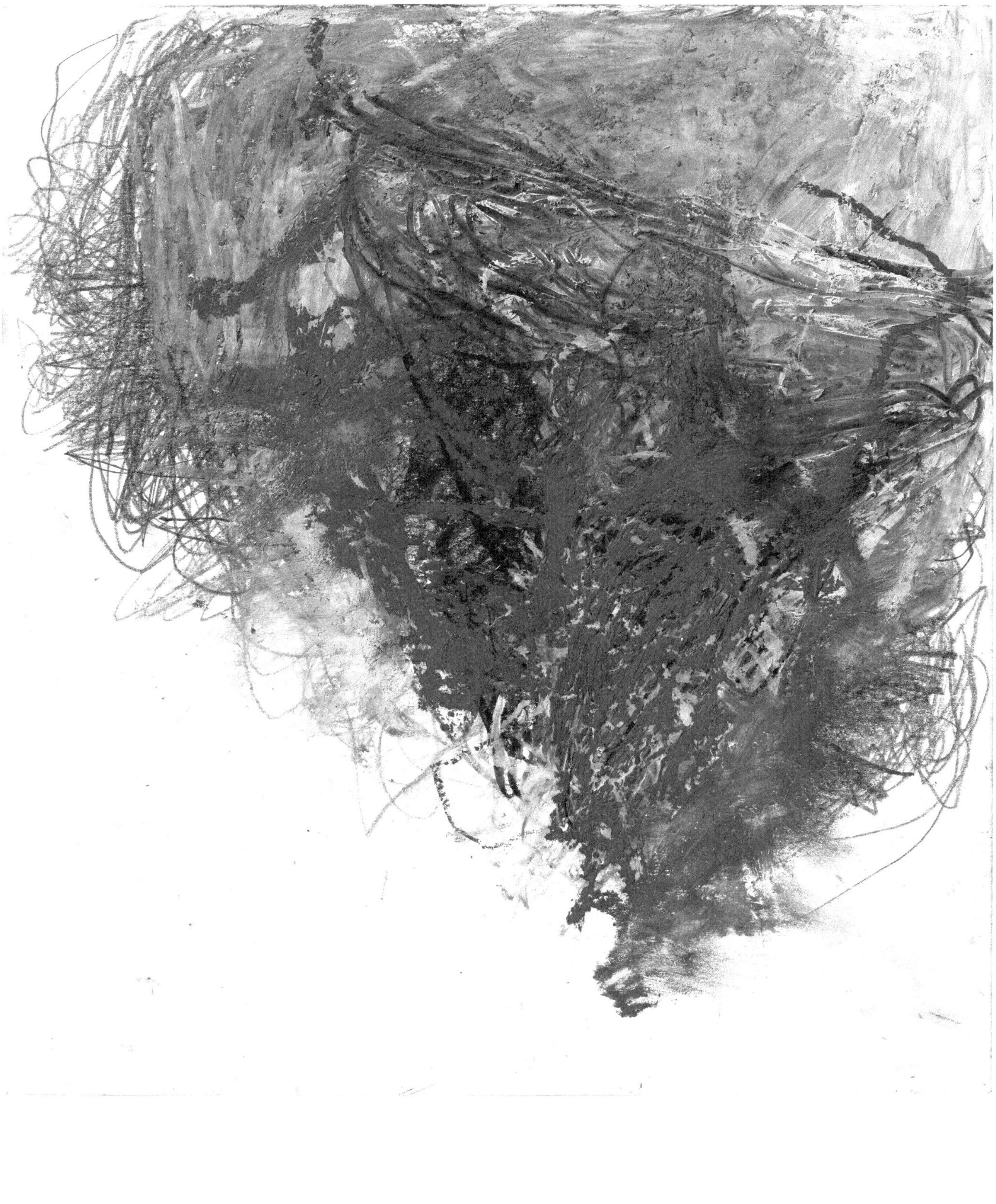

Nachwort

von Michael Semff

Dieses Buch ist der Ort einer Begegnung. Ein Dichter und ein Zeichner finden hier über ihre jeweils individuelle »Sprache« zueinander, als sei dies schon seit Langem vorbestimmt gewesen.

Michael Krügers Sprache erscheint in mannigfachen Facetten immer wieder wie ein fernes Echo der Natur, der animalischen wie der vegetabilen.
Der Klang der Worte in seinen Gedichten und seiner Prosa ist von einer unverwechselbar sanften Bestimmtheit, welche die äußere sichtbare Welt meint, sich aber auch aus den Erregungen des Inneren speist.
Solche Bestimmtheit prägt die bildnerische Sprache der Papierarbeiten von Karl Schleinkofer wesenhaft. In ihnen gewahren wir eine intensive Versenkung in die Tiefenräume der Zeichnung. Wir blicken in das Innenleben der Erscheinungen, in verborgene Schichten von Welt, in denen die ganze unauslotbare Metapher des Daseins schwingt.
Schleinkofer stammt aus Passau, wo er bis heute lebt. In seinen neuen Zeichnungen erscheint im Kontrast zu seinen früheren Arbeiten das Düstere der durchaus wahlverwandten Welt eines Alfred Kubin spürbar aufgehellt. Das immer noch »introspektive Sehen« dieses Künstlers hat sich gewandelt, und aus der anfänglichen Hermetik heraus entstand eine neue bildhafte, poetische Schwingung des Raumes. Aus seiner über Jahre konstant beschworenen, asketisch anmutenden Monochromie, in welcher Körperliches wie Dingliches versanken, statt aus ihr hervorzutreten, vermochte sich Schleinkofer nur langsam zu lösen. Während dieses Jahre währenden Öffnungsprozesses sprach der Zeichner von der »wild verwachsenen, chaotischen Struktur der begangenen Wege«, die »grundsätzlich auf eine Bezogenheit zu Pflanzlichem hinweist«. Ferner bemerkte er die »Durchlässigkeit«, in welcher »alles Anwesende berührt und zueinander in Verbindung gebracht« wird.

Michael Krüger schrieb seinen neuen Text »Im Pantheon der Spinnen« in der Abgeschiedenheit seines monatelangen Lebens in einem Holzhaus im Voralpenland. Die durch die Pandemie und seine Krankheit erzwungene Isolation bewirkte eine außergewöhnliche Konzentration auf das schreibende »Ich«. »Manchmal sitze ich hier, ein Tier unter Tieren, ein dankbarer Mensch, der vom Verstummen träumt.« Krügers selbstreflexives Schreiben kreist in wundersam verdichteten Textabfolgen um die ihn täglich umgebende Welt des Kreatürlichen. Fauna und Flora beobachtet er mit der Präzision eines Forschers und wie in einem imaginären Gespräch mit seinen beinahe »personifizierten« Partnern, den Ameisen, Wespen, Kröten und Käfern, dem Efeu und den Glockenblumen, kommentiert er sie in den originellsten Bildern – tiefsinnig, leise ironisch, hintergründig humorvoll und nicht selten voller Komik. In lyrisch gestimmten Sprachgebilden von hoher schöpferischer Fantasie entfaltet sich ein wahres Panorama der »Gesellschaft der Lebenden«. Doch immer wieder wird der Leser durch abrupte Einschübe von aktueller, auch politischer »Gegenwart« aus dieser Poetik der vermeintlichen Naturidylle herausgerissen. Sein Blick wird dann sanft-pessimistisch auf unsere beschädigte, permanent bedrohte Welt gerichtet.

Michael Krüger, 1943 in Wittgendorf geboren, lebt in München. Er leitete viele Jahre den Carl Hanser Verlag und war von 2013 bis 2019 Präsident der Bayerischen Akademie der Schönen Künste. Er veröffentlichte ein umfangreiches Werk an Gedichtbänden, Novellen, Erzählungen, Romanen und Übersetzungen. Für sein schriftstellerisches Werk erhielt er zahlreiche Auszeichnungen. Er ist Träger des Kulturellen Ehrenpreises und Ehrenbürger der Stadt München.

Karl Schleinkofer, 1951 in Passau geboren, lebt in Passau. Studium an der Akademie der Schönen Künste München bei Hermann Kaspar und Hans Baschang. Seit 1983 lehrt er fortlaufend an der Universität Passau. Regelmäßige Ausstellungen und Publikationen. Er ist Mitglied der Bayerischen Akademie der Schönen Künste.

Gestaltung und Produktion: Sieveking Verlag, München
Reproduktionen und Lithografie: Mario Drechsler, Seeshaupt

Erschienen im Sieveking Verlag
www.sieveking-verlag.de
ISBN 978-3-947641-18-5

Printed in Germany

Großzügige Unterstützung dieser
Publikation erfolgte durch:

INTERNATIONALES KÜNSTLERHAUS
VILLA CONCORDIA
BAMBERG